아버지의 자전거

한국정형시 016

아버지의 자전거

1판 1쇄 인쇄 | 2022년 05월 15일
1판 1쇄 발행 | 2022년 05월 25일

지 은 이 | 오종문
펴 낸 이 | 이영희
펴 낸 곳 | 이미지북
출판등록 | 제324-2016-000030호(1999. 4. 10)
주 소 | 서울특별시 강동구 양재대로122가길 6, 202호
대표전화 | 02-483-7025, 팩시밀리 : 02-483-3213
e-mail | ibook99@naver.com

ISBN 978-89-89224-54-9 03810

아버지의 자전거

오 종 문 시조집

이미지북

■

시인의 말

용진산聳珍山 아래
솔나무에서 일어나던 한 점 바람에서 태어나
남산리南山里 들녘 흘러나가는 물길을 따라 자랐다.

아직도 땅을 믿고 살아가는 사람들
바람이 자고 가는 마을 풍숙風宿,
이내 태가 묻혀 있고
황룡강黃龍江을 굽어보며 떠오르는 태양
어등산魚登山 넘어가는 해가 그리움으로 남아 있다.

세상 앞길을 훤히 밝혀주고, 없던 길을 내주신
부모님께 이 시조집을 바친다.

2022년 늦봄
오종문

차례 | 오종문 시조집

시인의 말 5

제1부 | 꽃잎의 낙법

난 괜찮아, 넌? 13
협곡을 건너며 14
꽃잎의 낙법 15
간월도 사랑 16
엄니의 손 18
유채꽃 보며 19
거기, 그 섬은 20
아버지의 자전거 21
각설하고 22
한밤, 충蟲을 치다 23
마늘밭에는 24
호미곶 봄빛 25
굿피플 26
백양사 단풍 27
소내나루 28

제2부 | 울지 마 엄마

불현듯 31
사도, 왕도의 길 32
그 마을, 창신동 33
황야의 총잡이에게 34
우수가 떠났단 말을 듣고 35
꿈 수첩을 읽다 36
늙은 나무의 말 37
울지 마, 엄마 38
돌산섬에 가서 39
감자꽃 생각 40
바람 검객 41
입묵入墨 42
콩밭 별장別章 43
푸른 늑대 44

제3부 | 푸코를 읽는 밤

암각화 고래를 찾아서 47
천 개의 눈 48
푸코를 읽는 밤 49
백련사 동백 50
봄밤, 천둥소리 51
낙화유수 52
탈을 깎는 밤 53
선사, 움집에 들다 54
장미가 나에게 55
여우비 오는 날 56
낙산공원의 밤 57
가을빛 별사別辭 58
산홍山紅의 말 59
엑스에 대하여 60

제4부 | 적소, 사초를 쓰는 밤

서늘한 유묵遺墨 63

혁명의 아침 64

종묘 벼룩시장에서 65

별의 집 밥상 66

막간 풍경 67

적소, 사초史草를 쓰는 밤 68

아차산에 올라 69

어멍의 바다 70

한글 수업 71

홍매, 너를 두고 72

눈 오는 날 73

줠부채를 들고 74

미륵사지를 거닐다 75

별이 된 노동자 76

제5부 | 봄날의 족보

공중전화 79
광해외사光海外史 80
그 숲에 잠시 세 들어 81
독감 82
이따금씩 83
그 집, 8번방 84
봄날의 족보 85
한낮 86
봄밤의 사원 87
절명絶命을 위하여 88
자작나무에게 89
엄마의 검정고신 90
그 남자 그 여자 91
꽁보리밥 92

■ 해설/ 94
미완성의 운명과 완성의 의지,
그 복합성의 텍스트: 오종문 시인의 시세계 탐구

제1부

꽃잎의 낙법

난 괜찮아, 넌?
협곡을 건너며
꽃잎의 낙법
간월도 사랑
엄니의 손
유채꽃 보며
거기, 그 섬은
아버지의 자전거
각설하고
한밤, 충蟲을 치다
마늘밭에는
호미곶 봄빛
굿 피플
백양사 단풍
소내나루

난 괜찮아, 넌?

눈 내린 새해 아침 허사虛辭로 가득한 날
어제의 한 사내가 막무가내 찾아와서
어눌한 말로 묻는다
"난 괜찮아, 넌 어때?"

한참을 망설이다 "그냥" 하고 대답할 때
별 되어 반짝인 줄 알았던 것 사무쳐 와
빛 없는 빛을 찾던 일 골수까지 파고든다

그때의 궁핍한 날 벗 되어 준 나의 시여
이제는 사무치게 때 묻은 말 다 버리고
세상이 쳐놓은 그물
조심하고 조심하라

협곡을 건너며

아찔한 벼랑길을 출렁이며 걸어온 길
모퉁이로 떨어지는 햇살이 눈부시다
걷는 자
그 고요 속에
풍덩 하고 빠진다

날 세워 반항하는 참담한 입 다물게 할
높은 산 골도 깊고 홀로 높지 않다는 말
이제 와
하찮은 겁박
왜 입에다 거는 건가

물이 만지고 깎아 새겨놓은 저 흔적들
불끈 쥔 늙은 시간을 살짝 들여다본다
허공에
매달린 협곡
또 바람이 차오른다

꽃잎의 낙법

이슥고 바람 불고 꽃잎들이 져내린다
세상에 고요하게 떨어지는 법 아는 듯
아뿔싸
우주율이었다
무게를 달 수 없는

목숨줄 놓아버린데 몇 찰나나 걸렸을까
거기엔 필생 동안 오랜 연습 있었을 터
뒤늦게 배달된 봄이 근심을 툭 치고 간다

여태껏 헛것들만 움켜쥐고 있었던가
안전한 착지점을 찾지 못해 쪽잠 든다
치워라
꽃멀미였다
허리 굽혀 경배하는

간월도 사랑

변방을 걷는 때는 모든 것이 시련이다
그 걸음 멈춰서 보면 그대로 풍경이지만
내 삶은
멀미가 나네
버리고도 멀미나네

돌아가야 할 길들은 미련처럼 남았는데
주저앉고 싶은 순간 빗방울은 더 굵어져
나 오늘
못 떠나겠네
간월도에 발 묶겠네

뻘물이 바닥을 치는 난세의 저 봄 바다
필생의 모든 것을 아낌없이 던져준 뒤
외로운
섬이 되겠네
목선으로 떠 있겠네

분노로 범람하는 파도와 마주 서서

거친 바람에 맞서 자유로울 수 있다면
홀연히
깨우치겠네
사랑 하나 얻겠네

엄니의 손
—心法 34

토란 잎 아침 이슬
궁글리던 햇살 이고

해종일 종종대다
흙빛만 담아 온 엄니

아궁이
불길 얹으며
호미 들고 달을 캔다

유채꽃 보며
—心法 36

그 마을 돌개바람
써레질로 끄는 봄날

노란 물감 풀어 놓은
누군가의 따듯한 맘

어둑한
먼 귀를 열어
듣고 싶은 말이 있다

거기, 그 섬은

그대가 오래도록 돌아오지 않는 동안
활처럼 휜 해변은 몇 번씩 모습 변하고
내 안의 고요한 섬이
외로웠다 눈을 뜬다

섬세한 파문의 문양 갯벌 끌어안은 채
봄밤을 타종하는 몸 여는 소리 들으며
한사리 물의 정수리
가장 낮게 반짝인다

바다가 바위섬을 물밑으로 당길 때면
추억이 멀미하며 말을 걸어오는 시간
수평선 물새들 활공
달이 지고 해가 뜬다

아버지의 자전거

어떤 사내라도 품을 수 없는 자존심이
몇 번 휑한 바람에 쓰러지고 부러졌다
그림자 더 짧아진 길
아버지가 가고 있다

화려한 날 다 보내고 뿌리를 갉아 먹는
검버섯 피어나는 서책을 싣고 오나
자전거 그 바큇살에 햇살들로 반짝였다

거룩한 이름 석 자 깊은 고요로 남은
마음에 접지 못한 길 환하게 놓여 있다
풍경 속 고집스러운
아버지가 오고 있다

각설하고

때맞춰 갈 때 가고 돌아올 때를 알고
멈출 때 멈춰서고 나아갈 때 나아가는
한바탕 지나갈 생을
으밀아밀 놀 일이다

말 속에 허우적대다 죽는다 할지라도
함부로 제 무늬를 못 바꾸는 표범처럼
인연이 다할 때까지
눈부시게 멀 일이다

하늘이 허락하면 백 년을 살아가고
하루가 주어지면 그 하루만 사랑하는
매 순간 벌목의 세상
증언하듯 살 일이다

한밤, 충蟲을 치다

강자가 한 수 위다 본때를 보여주리라
불쾌한 동거 끝낼 며칠 벼른 특공작전
촉발된
일대 변란이
한 호흡에 달려 있다

섶 지고 불 속에 든 덫에 걸린 어린 바퀴
불 켜자 펼쳐내는 필살기의 저 경공술
그물망
매복을 뚫고
시야 밖에 진을 친다

비장의 마지막 수 어떤 간계 쓸 것인가
생물인 현실의 벽 도모 위해 힘 겨루다
열댓 평
천하를 놓고
한밤 내내 충을 치다

마늘밭에는
—心法 38

헛간 시렁 호밋날에
흘러내린 시간의 뼈

홀로 외로웠다는 듯 허리 구부러질 때

한 뙈기 마늘밭에는
흰구름만 놀고 있다

호미곶 봄빛
—心法 41

저 바다 다 가졌어도
땅 한 평 못 가진 때

궁구한 호미곶 봄빛
필사하는 상생의 손

일몰 후
해협 건너는
망명일지 쓰고 있다

굿피플

하루를 필사하는 혼몽의 시간을 지나
조금씩 그리움이 심장으로 수혈될 때
한 통의 후원 문자를
굿피플*에 전송했다

비빌 언덕도 없는 공동체 아이들 위해
어떤 위안의 말도 해준 적 없었지만
이천 원 작은 힘만큼
좋은 사람 되어 갔다

겉과 속 알 수 없는 마음과 마음 사이
인간에 대한 사랑 갈수록 남루해지고
전철 안 절정의 가을
깊어지고 있었다

*지구촌 희망건설에 앞장서는 국제구호개발 NGO.

백양사 단풍

당신의 그 치세가 온 나라에 떨칩니다
소문은 끊이지 않아 와글와글 넘칩니다
그러나 묻고 싶은 말 차마 묻지 못합니다

당신을 사랑하므로 붙잡을 수 없습니다
눈 맞아 휘둘렸던 일 여전히 설렙니다
그러나 하지 않는 말 그리움에 묻습니다

당신의 천 길 불길 한 장씩 벗습니다
아니 간결한 생은 절간 같은 삶입니다
그러나 듣고 싶은 말 끝내 듣지 못합니다

소내나루

숨 막힐 때 너를 찾는 지독한 사랑이다
나루는 말 잊은 채 실어증에 걸려 있다
불순한 봄꽃에 홀린
사상이다
봉쇄하라

두 눈이 무방비로 겁탈 당한 풍경이다
무더기 져 내리는 꽃잎들이 난해하다
사악삭 바람이 떠난 물결들이 술렁인다

주인 잃은 나룻배가 할 일 없이 흔들린다
수상한 마을에 갇힌 누추한 감옥이다
안개는 수의를 입고
고요하다
탈옥하라

제2부

울지 마, 엄마

불현듯
사도, 왕도의 길
그 마을, 창신동
황야의 총잡이에게
우수가 떠났
단 말을 듣고
꿈 수첩을 읽다
늙은 나무의 말
울지 마, 엄마
돌산섬에 가서
바람 검객
입묵 入墨
콩밭 별장別章
푸른 늑대

불현듯

목이 타들어가는 불같은 이 이끌림
자벌레 기어가는 봄날은 너무 짧다
뒤늦게 허락된 외출
웅숭깊은 고요함

여러 겹 마음 가진 꽃그늘의 저 술렁임
초록을 세상 가득 잠방잠방 채워간다
눈 깜박 졸았던 걸까
무방비로 흔들림

낯선 땅에서 만난 두려움의 그 망설임
방금 채집한 빛이 시나브로 익사한다
외로움 신에게 들킨
한 무더기 흐느낌

사도, 왕도의 길

왕재란 무엇이며 또 왕도란 무엇인가
사약도 꿀물처럼 달게 마실 나를 두고
얼마나 큰 죄이기에 쌀뒤주에 가뒀는지

때로는 되는 일과 안 되는 일 있다는 것
질서를 깨는 일도 기다림이 필요하다는
가혹한 여드레 동안 온몸으로 알았다

사대의 판 뒤집을 새 책략을 건설할 때
윤오월 흉한 고변에 처참히 짓밟혔나니
기꺼이 풍문을 덮고 곧은길을 갈 것이다

당쟁의 그 촘촘한 그물코에 몸이 낀 채
끝까지 버틴 힘은 아들 산*이 있음이라
오늘은 생의 마지막 한 아비가 되고 싶다

*산祘 : 조선 22대 정조대왕 이름.

그 마을, 창신동

왁자한 소문만이 어제 일만 같은 오늘
가위의 자존심이 한자리를 지켜내 온
한 번도 엿본 적 없는
그 마을의 생을 본다

오래된 선풍기는 세월을 돌리고 있고
공장 안 모든 것을 집어삼킨 알전구가
다 낡은 미싱 돌리는
객공客工들을 읽는다

일없는 누군가는 초저녁잠 깊이 들고
그냥 착한 누군가는 졸음과 맞서면서
날 새워 본을 뜬 시간
또 자르고 잘라낸다

어느 때부터인가 더 깊어진 간결한 삶
노동의 무늬들이 재단된 채 실려 가고
돌산 밑 개나리꽃이
무더기로 지고 있다

황야의 총잡이에게
—心法 42

총으로 사람 쏘는 그 떨림을 즐기나요

악당이 되는 것도 영웅이 되는 것도

방아쇠

당기기까지

몇 백 년이 흘러간다

우수가 떠났단 말을 듣고
—心法 43

묵은 감잎 발을 씻겨 떠나보낸 꽃샘추위

어제 떠난 우수 보고 봄 왔냐고 물었을 때

아직은
겨울 휘장 속
몸단장 중이란다

꿈 수첩을 읽다

눈 한 번 감는 것도 천금처럼 아쉬운 날
죽음을 업고 살 듯 하고 싶은 일을 두고
쭉정이 검불과 같은
몸만 두고 떠나갔다

선명한 무늬처럼 산다는 건 참 좋은 것
침 발라 꾹 눌러 쓴 그 낡은 꿈 수첩엔
철자법 틀린 수만큼 아픈 생만 보인다

고장 난 뇌 속에서 지워지지 않는 것들
복잡한 인간사를 차곡차곡 들어앉힌
맨발의 극진한 사랑
파도처럼 출렁인다

늙은 나무의 말

간밤에 눈 내렸고 아무도 오지 않았다
오늘은 큰 바람에 가지 하나 더 잃었고
어쨌든
살아남았다
오백 살도 더 넘게

인간의 울타리로 들어와 산 그날 이후
해마다 네댓 가마니 열매를 다 내주고
한날은 소갈병에나 걸린 듯이 말라갔다

무수히 달린 잎사귀 그늘을 그가 걷고
공간에 담긴 시간도 언젠가는 흩어지고
이 집은
또 텅 빌 것이다
누군가가 다녀가고

울지 마, 엄마

거친 손 잡는 순간 알 것 같은 당신 전부
다 뵽아 한 줌 안 된 젖이 뭉클 만져졌다
그 날은 창호문 너머
그믐 달빛 뿌려졌다

한 번 나고 한 번 죽는 바람처럼 사는 동안
"새끼들 쪼깐 돕고 훨훨 나는 것 봐야쓴디"
잔기침 심해진 때는
뒤척인 채 잠들었다

인생은 사는 게 아닌 살아지는 외길인 것
사람이 하늘의 일 그 속내를 어찌 알아
그러니 울지 마 엄마
눈물 나도 울지 마

돌산섬에 가서

사납고 밴덕맞은 백 년 같은 어느 하루
길품 들여 예까지 와 아침 해 품에 안고
여기서 쓰러질 것을 발 묶일 것 알았던가

가보면 뭔가 할 말 있을 것 같은 돌산
사는 게 눈물겹다 트로트에 젖어들고
바람굿 잔치를 끝낸 봄을 말할 것이다

너울도 없는 바다 어찌 그게 바다일까
여러 겹 섬들 사이 노을 한 점 떨어지고
알싸한 돌산갓 맛의 한 시인은 말이 없다

이 마을 벗어나면 어디로 가야 하나
한 걸음 모든 길이 사랑으로 이어지고
철없는 애기동백이 바다까지 길을 낸다

감자꽃 생각
—心法 44

허물린 고택 안채 고지식한 눈빛처럼

경전 같은 당신 말씀 받아쓰는 이맘때면

염병할!

참혹한 달빛

뒤집어 쓴 저 실루엣

바람 검객
—心法 46

그 누가 일허일실一虛一實
이 초식을 받아낼까

유연한 힘 구사하며
강한 힘을 펼쳐내는

현란한
방랑검객 검
제압할 수 있겠느냐

입묵入墨

용을 그려 넣을까 문장을 새겨 넣을까
박제된 나비 한 마리 화려하게 입묵할까
일제히 먹물을 풀어
한 뜻으로 접신할까

마침내 새 한 마리 내려앉을 고전의 숲
햇빛과 바람 사이 바늘 끝이 길을 내면
거룩한 몸뚱이에서
통점의 꽃 피어난다

콩밭 별장別章

상기도 좋은 때는 아직 오지 않았다고
오랜 날 강물처럼 출렁이며 산 사람아
빈 콩밭 한 대목 사설
그 완창을 읽는다

풀숲에 핀 산꿩다리 더 짙어진 그늘일까
해질물 낙콩을 줍는 산꿩의 마음일까
아홉 살 와락 밀려온 콩깍지 속 사랑일까

마당 안 어린 고요 바람으로 메워지고
고맙다 말 못한 채 숲 되고 나무 되어
새소리 방울을 다는
풍경들로 환해진다

푸른 늑대

고단한 이 하루가 사막에 저물어간다
풍경 속 마주했던 고독한 그 사냥꾼
강호를 홀로 누비던
눈초리를 보았다

때로는 자존심도 사치가 된 공복 앞에
어린 날 다짐 같은 패배자의 힘든 굴기
마지막 기억의 소멸 또 견디게 하였던가

한시도 태평하고 평온하지 못한 야생
생멸의 그물 놓고 여행자 포박했느니
대초원 쏟아진 별빛
바람 속을 내달린다

제3부

푸코를 읽는 밤

암각화 고래를 찾아서
천 개의 눈
푸코를 읽는 밤
백련사 동백
봄밤, 천둥소리
낙화유수
탈을 깎는 밤
선사, 움집에 들다
장미가 나에게
여우비 오는 날
낙산공원의 밤
가을빛 별사別辭
산홍山紅의 말
엑스에 대하여

암각화 고래를 찾아서

억만 년도 가뭇없이 흘려보낸 저 반구대
몇 굽이 물꼬 트는 소리 죽인 강물 따라
어슬녘 물색을 보는
이 한때가 참 좋다

어떤 말 전하려고 암각화를 남긴 걸까
생멸을 반복하는 시간 깨운 잡목 숲에
처연히 쏟아낸 주술 먼 발걸음 불러낸다

아뜩한 절벽 앞에 겸손해진 돌받 마음
얼음 밑 물은 벌써 봄 이야기 전하는데
앞서 간 선사인들은 다 어디로 떠났을까

동해나 더 아득한 사해四海 바다 그 어디쯤
배회하는 고래 떼가 새끼 몰고 회귀한 날
그 혈거 황홀한 축제
하늘에 가 닿으리라

천 개의 눈

울음 깬 그날부터 눈꺼풀 닫을 때까지
너무도 편안하게 감시하는 저 시선들
일상의 그 모든 것은
프로그램 되어진다

그들은 왜 낯모르는 당신이 궁금할까
촘촘히 스크린 한 소름 돋는 미궁 세상
언제쯤 속내도 찍혀
다 배포될 것이다

두렵다 기억해선 안 되는 것 재생될 때
가면을 그때그때 상황 맞게 바꿔 쓰는
오늘 밤 빛나는 자해
두 눈은 정전이다

푸코를 읽는 밤

그 남자 밤을 잊고 푸코*를 만나는 날
안경 쓴 이론들이 채집하는 담론 두고
행간에 살아 날뛰는
쑥대머리 깨알 글자

세상과 이어 놓은 불면의 저 편집증
일생이 먹먹하다며 마음이 헛헛했다며
책장을 넘길 때마다
말 걸어온 그대 광기

순백의 이성 위에 무슨 말뜻 심고 싶어
황홀한 숲이 되어 평생 피운 말의 꽃들
난해한 바람의 필체
봄빛 문법 닮아 있다

*프랑스 철학자.

백련사 동백
—心法 48

동백꽃
낭자한 곳
천의 입은 바람 검객

어찌 힘의 가락을 꺾을 수가 있겠느냐

이 물색 새경을 받아
지고 가는
저녁 바다

봄밤, 천둥소리
—心法 49

저 끝없는
망명길에
터트리는 벼락의 말

하르르
꽃 지는 밤
다 받아 적을 수 없어

암전된
완벽한 하늘
면도칼로 찢고 있다

낙화유수

두 눈을 멀게 하는 벚꽃이 다 지던 날
누군가는 품에 안고 누군가는 널 보낼 때
아프다
말도 못한 채
먼 길 가는 그 아이

별리에 멱살 잡혀 간찰 쓰던 어촌 마을
그놈의 정 못 끊어내 본심 다 드러낸 채
심장을
난타당하며
눈물 죽인 그 애비

탈을 깎는 밤

한 시절 호령하던 앞마당 오동나무
은연중 깊어져서 눈 뜬 망자로 설 때
네 근성 남 줄 수 없어
잘라내고 토막낸다

눈 코 입 조목조목 벼린 끌로 깎아 가면
나무가 주는 촉감
느끼는 탈의 체온
산 사람 그 지문처럼 무늬결이 돋아난다

세속의 눈을 닫고 마음 눈 뜬 신의 시간
칼맛 안 손놀림이 봄밤을 밀쳐두고
첫새벽 투명한 달빛
훔쳐서 온 저 흙빛

선사, 움집에 들다

세월도 무게 던 채 허물린 선사 유적 눈발이 속절없이 걸어온 길 지워내면
익명의 마음 붙박고 목을 놓아 울겠네

시간에 포박된 채 한 계절 예서 살며 몸에 걸친 거추장한 화려함 벗어내고
천품의 혀 짧은 말로 움집 얻어 살겠네

살얼음 두께 더한 해 떨어진 그 강기슭 천렵한 물고기들 화덕 위에 올려놓고
불 가에 쪼그려 앉아 화석의 꿈 지피겠네

허망한 사유라도 씨 볍씨 돌에 갈 듯 발 달린 짐승 거둬 자유로이 놓아기르고
먼 사내 그 물색으로 경작할 땅 일구겠네

장미가 나에게

이 한낮 세상 창검 받아내며 내뱉는 말
한 번은 활짝 피워 불꽃처럼 살아볼 것
저 장미 수작을 걸며
희롱하듯 웃고 있다

한 사내 마음 틈새 파고들며 직언한 말
스스로 꽃 필 때와 질 때를 안다는 것
저 장미 목을 내걸고
각혈하듯 지고 있다

여우비 오는 날
—心法 50

저 앞산
저 들녘을
마실 나온 여우비가

외딴집
양철지붕
손님처럼 다녀간 뒤

지청구
은유의 해가
우두망찰 벌을 선다

낙산공원의 밤
—心法 51

알전구 점멸하는 사글세방 얻어 살까

희망의 성벽 쌓는 단단한 돌로 살까

아비는
수저를 놓고
솔방울만 궁글리고

가을빛 별사別辭

이런 날 이런 행복 얼마나 더 남은 걸까?

득실의 셈법도 몰라 땅만 믿고 견딘 세상 세월은 모든 것들 너무 많이 변하게 해 희끗희끗 이 나이가 될 때까지 참 많이 산 거야. 아무것도 일어나지 않은 일 없었던 때 단 하루도 평범하게 넘어가지 않았던 때 붙잡는 것도 사랑이요 놓아주는 것도 사랑이라 조급히 살면 한없이 부족한 것 왜 몰랐던가. 미안하다는 말 자꾸 잔소리 되어 나올 때 사랑은 표현 아닌 일생으로 말하는 것 참말로 징글징글 모진 것이 목숨이라 그 길에 풍경 하나 흑백사진으로 찍히는 날 가을볕 추수 끝난 저 들판 그리워하듯 부부로 함께 한 삶 노래가 될 수 있을까. 아직도 끝나지 않는 길,

마음은 다시 봄이다 햇빛에 눈이 부신 날이다

산홍의 말

1. 감히 이름 짓지 못해 산홍이라 하였으나
끝내 지울 수 없는 지문이듯 낙인이듯
한 나라 백성이 되는 망극함을 얻었도다

어느 해 매국노가 이내 몸을 탐했을 때
비록 천한 신분이나 사람 구실 하는지라
면전에 크게 꾸짖고 붉은 피로 답했었다

2. 어느 날 봄볕 좋아 단잠에서 깨어보니
아직도 사쿠라의 썩은내가 진동한다
야속타 무량한 생이 봄꽃으로 지고 있다

꽉 다문 입술 열어 무슨 말을 고할 거나
먹물을 콸콸 쏟아 붓을 들어 소疏를 쓸까
일없는 이 한가로움 원통하고 부끄럽다

*산홍山紅 : 을사오적인 이지용을 꾸짖고 자결한 진주 기생.
첩이 되어 달라는 이지용에게, "비천한 몸이어도 사람일진대 어찌 역적의 첩이 되겠느냐"(매천야록)라고 거절했다.

엑스에 대하여

날 위해 네 심장을 깊이 찌르기 위해
헐거운 몸을 숨긴 미지수 엑스 집합
앞뒤로 굳게 닫힌 문
그 괄호를 풀고 싶다

저 홀로 행동하며 미세 분열 조장하는
내 안에 숨은 엑스^{X} 독립변수 그것일까
각각의 자연수 넣어
해제값을 찾고 싶다

한창 저 꽃밭에서 밀애중인 나비처럼
이성의 판단 접고 본능적인 마음 따라
당당한 기호가 되어
직립으로 서고 싶다

제4부

적소, 사초를 쓰는 밤

서늘한 유묵遺墨
혁명의 아침
종묘 벼룩시장에서
별의 집 밥상
막간 풍경
적소, 사초史草를 쓰는 밤
아차산에 올라
어멍의 바다
한글 수업
홍매, 너를 두고
눈 오는 날
쥘부채를 들고
미륵사지를 거닐다
별이 된 노동자

서늘한 유묵遺墨

하루치 짧은 봄빛 잠시 세내 걷는 외길
제 뼈를 세운 고택 멈칫멈칫 들어설 때
기둥에 붙들려 사는
유묵들이 가득했다

필생을 다스려 온 필적이 주는 속말
마음에 티끌만큼 사악함이 없었는가*
뿌리째 도굴된 내면
빈 통처럼 고요했다

저 오랜 문장 닮은 한 일가의 높은 품격
청빈한 바람 몇 점 놓아두고 돌아설 때
바닥난 허기진 슬픔
그늘이 더 서늘했다

*사무사思無邪 : 논어 위정편.

혁명의 아침

내 안의 저 하늘의 믿음 없인 곤란한 일
빛나는 명분 없이는 더더욱 안 되는 일
언제쯤 그 때를 만나 이 신념을 꽃 피우랴

당신도 너도 아닌 모두가 키운 이념
그 무엇에 미쳐 가며 심장을 덥혀 가면
멈춰 선 수레바퀴를 굴려갈 수 있겠느냐

혁명은 언제나처럼 민초의 힘 부르는 법
칼을 쥔 손에 묻은 피 두렵지 않는 것은
그대의 혀 속에 감춘 달콤함이 아니더냐

첫 입술 몰래 훔친 신비로운 혁명이란
하룻밤 품은 논다니 허무한 짧은 정사
휴지통 말라 비틀린 분노 없는 휴지이다

누군가 또 새날을 간절하게 원하는 때
어디서 어떤 세상 마주할 것이더냐
이 아침 내 전 생애가 저 나팔꽃 같구나

종묘 벼룩시장에서

오래 된 성벽 따라 겨울 볕 앉은 동묘
때 타고 먼지 끼고 나사 하나 빠진 듯한
오래 전 사람 살았던 그 풍경이 아닐까

흘러간 옛 노래가 엘피판을 긋고 갈 때
어떤 것은 얼마만큼 또 고물이 되어가고
때로는 골동품 아닌 폐품 되어 가는 걸까

각자의 사연 하나 갖고 있을 저 물건들
가끔은 주인 잘 만나 한 집안 보물 되는
별별 것 잡동사니들 모든 생이 그런 걸까

누군가 한 정신을 기록했을 중고타자기
한 시대 굴곡진 것 찍어냈을 저 카메라
노점상 끝물에 나온 내 몸값은 얼마일까

별의 집 밥상
—心法 53

내 시詩가 공양하는
밥그릇에 별이 떴다

쌀독에 자존감 있고
김칫독에 정신이 사는

가난한
별의 집 밥상
봄을 줍는 아이들

막간 풍경
—心法 54

중심이
무너진 날
내리는 눈 묵독하며

궁구한 세간의 일 활시위에 재어둔 채

빳빳이 고개 든 새치
과오인 듯
뽑아낸다

적소, 사초史草를 쓰는 밤

제 허물 어지럽게 드난살던 변방의 밤
왁자한 그 일대기 덮어버린 긴 몽유여
목 놓고 사초를 쓴다
관 하나를 마련하고

한 치 앞 알 수 없는 그것이 사람의 길
입에 쓴 거친 말들 꽃피기 전 다툼 끝낸
얼룩진 결백을 쓴다
풀빛 먹인 붓을 들고

책 읽는 고단함도 깊어진 외로움도 죄
아직은 탈고 안 된 늦봄 뒤끝 씹어가며
직필의 하늘을 쓴다
물색없는 날 죽이고

아차산성에 올라

아리수 물길 따라
무너진 성벽 따라
궁시에 칼을 찬 채 유민들이 떠나간 곳
과하마 한 필을 내어 바람처럼 몰고 싶다

강 건너 한성백제 토성으로 향할 거나
백두대간 새재 넘어 서라벌로 돌릴 거나
평양성 요동을 지나 중원으로 달릴 거나

무너진 왕도 위에 싸락눈이 흩날릴 때
말고삐 반 당기고 말머리는 반 늦춘 채
저 보루 눈빛들 밟고
제왕의 길 가고 있다

어멍의 바다

그 섬의 바람 신이 하늘의 문 열었을 때
그 섬은 물 때 맞춰 또 하나 물길을 튼다
완강한 불턱의 침묵
출렁이며 길을 낸다

들숨의 바람소리 갯메꽃을 피웠으리
날숨의 숨비소리 망사리에 담았으리
물숨의 생생한 기억 화산석이 되었으리

그것은 생의 기호 암호 같은 문자였다
저승서 벌어 이승에서 쓰는 물질* 끝냈을 때
어멍은 바다가 된다
필생의 족쇄를 풀고

*해녀들의 말 인용.

한글 수업

헌 집은 자폐를 앓고 빗금만 긋고 있고
봄비는 기척도 없이 처마 밑에 숨어든다
이런 날 그 마을에는
한글 수업 시간이다

다 닳은 몽당연필로 꾹 눌러 쓴 가갸거겨
침 발라 가족을 쓰면 눈물이 글썽이고
뭉클한 사랑을 쓰면 사랑꽃이 피어난다

간혹 잊힌 것들이 풀잎처럼 돋을 때는
두꺼운 공책 속의 고요보다 더 두려운
필생의 짧고 굵직한
문장 한 줄 쓰고 싶다

홍매, 너를 두고
—心法 57

실경을 들어앉힌 그냥 착한 사진사 같은

둥그런 고요 한 점 내게로 와 찍혀졌다

농익은 네게로 가는

마음 길이 굽어져

눈 오는 날
—心法 60

산 하나
끌고 와서
물음 하나 던집니다

"얼마를 더 살아야 공평하다 말을 할까"

끝내는 그 산을 메고
절벽 앞에
섰습니다

쥘부채를 들고

사랑할 때 너를 찾아 한 생을 몸 맡기고
미워할 때 너를 잊어 한 생을 버림받은
숱한 밤 혼자의 시간
모란꽃을 닮았다

여름 끝 남은 것은 처연한 가을의 말
겁 없이 배반하고 살 떨리게 배반당한
찬찬한 사람을 잃은
그리움을 지워갔다

미륵사지를 거닐다

허물린 대가람의 뒤안길을 거닐던 때
가을 매 스스럼없이 일몰 속 몸 던지고
오래전 중생을 위한 미륵은 간 데 없다

나를 찌를 송곳 하나 모로 박을 곳 없어
뜬말은 바람 같아 당간지주 세워 놓고
한 왕조 타다 만 불꽃 눈물로나 끄다니

미륵이 다시 와서 새 하늘을 펴는 그날
바른 법 널리 펴고 무지렁이 감화될 때
그렇게 역사는 흘러 한 시대는 오는 것

그 땅을 마중 나온 초저녁달 부둥켜안고
민낯을 다 드러낸 몸 바뀐 석탑 아래
먹먹한 가슴을 묻고 단풍물 든 시를 쓴다

별이 된 노동자

뒹굴던 가랑잎들 옮겨 앉은 천막 숙소
찬밥에 시래기국 가난한 밥상 두고
누구도 꼭 다문 입을
차마 열지 못했다

지상에서 온몸으로 맞이하는 저 송이눈
불빛들 점멸하는 거리 속에 스며들면
긍휼한 희망을 가둔
별 철창만 빛났다

제5부

봄날의 족보

공중전화
광해외사光海外史
그 숲에 잠시 세 들어
독감
이따금씩
그 집, 8번방
봄날의 족보
한낮
봄밤의 사원
절명絶命을 위하여
자작나무에게
엄마의 검정고무신
그 남자 그 여자
꽁보리밥

공중전화

여름밤 별자리가 유성우로 쏟아지는
옹벽 밑 색이 바랜 공중전화 앞에 서면
한동안 잊고 산 추억
풀꽃처럼 피어났다

간절한 소통 위한 연결음도 끊어지고
찾아올 그리움이 명치끝에 아려오면
마음에 그가 놓은 길
환하게 열려 왔다

광해외사光海外史

그러나 짐은 끝내 더 미치지 못했구나
아직도 쫓겨난 왕 군君으로 불리지만
이제는 조선의 마음 웅숭깊게 얻고 싶다

큰 갓 쓴 무리들이 왕의 길을 가로 막아
혹독한 더 참혹한 시련에 무너질지라도
유배지 탱자울 치고 참회하며 살 것이다

화가 된 언행들이 흰 빛으로 남는 날을
이 땅이 힘을 키워 더 중심에 서는 날을
또다시 일어서기를 손꼽으며 살 것이다

그 어디 하늘 아래 영원한 것 있겠는가
행간에 기록 못한 잘잘못을 품는 동안
과인의 붙들린 삶이 바람처럼 흘러갔다

오늘은 몇 생을 산 이 무덤을 빠져 나와
짐의 뜻 헤아리는 벼슬아치 몇 데리고
가을꽃 흐드러지는 민의의 뜰 걷고 싶다

그 숲에 잠시 세 들어

눈 뜨며 카톡하고 카톡하며 밥을 먹고
카톡하며 출근하고 카톡하며 퇴근한다
빈말의 감옥에 갇혀
카톡하다 잠이 든다

우리는 끊임없이 소통하며 산 것 같은데
실시간 말길 트는 너와 나는 불통일까
손안에 폰이 없으면
뭐가 그리 불안할까

가끔은 앞서 간 마음 사랑에게 품을 주고
그 숲에 방 들이고 세를 들어 살고 싶다
한 달에 한 사나흘쯤
곤한 잠을 자고 싶다

독감
—心法 62

달그락 소리도 없이 은밀하게 찾아와서

몸의 수족들을 겁박하고 윽박지르고

복사꽃 헛통증 앓듯

요란스레 다녀갔다

이따금씩
—心法 63

치명적
독침을 가진
전갈이 되고 싶다

황홀한 식욕을 위해
멋진 꼬리 곧추세우고

한 문장 붉은 심장에
전광석화
찔러 넣는

그 집, 8번방

허약한 이 나라가 눈비처럼 외로운 날
봄이 오기도 전에 피었다가 져버린 꽃
한 세월 누추한 감옥 8번방을 마주한다

내 와서 하는 일이란 어둠을 깔아놓고
아직도 지지 않은 끝나지 않은 이야기
창가에 말 걸어오는 사람이 더 그립다

꿈이 먼 샛별처럼 결빙해 가는 동안
눈빛이 흔들리는 서늘한 양심에게
무겁게 떨어진 물음 말빛으로 남긴다

그날은 늘 불안한 의식만이 삐걱이고
먹먹한 목소리가 천지간에 놓여지면
붉은 집 자폐를 앓는 방 하나가 닫힌다

봄날의 족보

역사만을 기억하는 내 족보의 무게보다
이 땅에 뼈대 세운 한 가문의 자존감이
오늘은 제기로 앉은
지조 높은 봄날이다

봉분 속 잠든 이의 전 생애를 돌에 새긴
간결한 그 이력의 극진한 삶 읽어낼 때
봄빛은 말미를 두고
필사본을 쓰고 있다

여러 번 관통 당한 헐거워진 중년 사내
바닥째 도굴되는 다음 생의 그 어디쯤
붉게 핀 참꽃 세거지世居地
세 들어 살 봄날이다

한낮

난감한 이 무료함 그냥 어쩌지 못해
풀잎을 베고 누워 은밀하게 수작 건다
배후에 등꽃을 두고
한 바람이 술렁인다

그 사이 천하를 탐한 사랑은 발각되고
절대자 한낮 더위가 엄중하게 경고한다
하르르 꽃잎 진 자리
슬픔 한 채 놓여 있다

봄밤의 사원

지독한 이 낯가림에 칭얼대는 봄날이다
가랑잎 열댓 섬도
더 태웠을 화를 묻고
남루한 달마가 사는 땅끝에서 길을 묻다

내 마음도 그믐인 채 소신燒身하는 동백이다
경전을 필사하는 몸살 앓는 사원의 밤
먹먹한 그 물색 두고 명치끝이 아려온다

못 읽은 바다 한 구절 바람으로 울고 있다
어둠이 풀어놓은
불가해 말 해독하고
고삐 푼 한 마리 소가 만행의 길 떠난다

절명絶命을 위하여
—心法 66

이 생각도 불가하고 저 생각도 불가하다

한 문장을 수결하고 가슴 속이 처연했다

받아라

절체절명의

숨통 끊는 피의 힘

자작나무에게
—心法 68

마침내 독백처럼 타닥 탁 소리를 낸다

껍질의 잔금들이 내 몸까지 그어진다

얼마나 관능적인가

일가 이룬 문장이다

엄마의 검정고무신

필생의 고단한 발이 신발에 묻어 있다
열아홉 고운 색시 간 데 없고 백발이라
다 닳은 무릎 속에는
바람들이 빼곡하다

좋은 날 다 보내고 뜬세상 관통하는
장식된 군더더기 하나 없는 수사修辭의 길
궁핍한 겉옷을 벗고
깨꽃으로 피어난다

한 켤레 검정고무신 사람이 그리운 날
매 순간 간명하게 생략되는 어머니 땅
투명한 생의 품사品詞가
방점 찍고 길을 낸다

그 남자 그 여자

한 몸에 여성 남성 성기를 둘 다 가진*
내 안의 성 정체성 혼란하고 복잡할 때
억장이 다 무너지는 잠행하는 생이었다

아들로 살 수 있다면 그렇게 살았을 것
딸로 살 수 있었다면 그렇게 살았을 것
당신의 아들딸로서 당당하게 살았을 것

세상의 서늘한 말 송곳 되어 찔러올 때
온전히 날 넘어서는 힘든 길 걸어갈 때
싸늘한 돌팔매질에 눈빛 화살 아팠었다

그 남자 몸을 바꿔 한 여자로 사는 날은
그 여자 몸을 바꿔 한 남자로 사는 날은
제 몸이 들어갈 만큼 칸막이 방 들인다

* 인터섹슈얼intersexual : 간성 혹은 중성.
남성과 여성의 성기를 다 가지고 있거나 두 가지 성기 중 한 가지가 불완전하게 남아 있는 사람.

꽁보리밥

연일 폭염 계속되는 입추의 점심시간
상다리 휘어지는 보리밥상 앞에 두고
입맛은 유년의 기억
꿈길처럼 찾아간다

사발의 꽁보리밥 몇 술 떠서 찬물 말아
풋고추 된장 찍어 한 입 삼키고 나면
여남은 알갱이들이
입안에서 겉돌았다

오늘 눈빛 총총하고 마음새는 더 얇아져
한 가족의 먼 이야기 만날 수 있는 걸까
잘 익은 열무김치가
서늘함을 일으킨다

해설

미완성의 운명과 완성의 의지, 그 복합성의 텍스트 : 오종문 시인의 시세계 탐구

박진임_ 문학평론가

미완성의 운명과 완성의 의지, 그 복합성의 텍스트: 오종문 시인의 시세계 탐구

I. 장르와 철학의 함수관계

미국의 문학비평가 허쉬E. D. Hirsch의 말을 되새겨본다. 허쉬는 문학 작품이란 고유한 의미를 지닌 것이며, 그 의미는 결코 우연처럼 작품에 주어지는 것도 아니고 변화시킬 수 있는 성격의 것도 아니라고 주장하였다. 또한 문학평론가의 역할이란 문학 작품, 즉 텍스트에 구현된 의미는 물론이고 작가가 그 텍스트에 투사한 의미meaning의 의미까지 찾아내는 지난한 작업을 수행하는 것이라고도 했다.[1] 그렇다면 평론가는 텍스트를 앞에 둔 채 한편으로는 직관적이면서도 공감적인 텍스트 읽기를 시도하고 동시에 논리적이면서 사변적인 철학적 해석을 함께 시도해야만 할 것이다. 먼저 텍스트에 충분히 가까이 다가가 텍스트에 담긴 시인의 고유한 정서에 공응해야 할 일이다. 텍스트를 구성해내는 과정에서 작가가 경험했을 삶의 고통과 환희, 그리고 그 작가가 스쳐 간 순간의 모순적이면서도 복합적인 정서를 짐작해보아야 할 것이다. 동시에, 시인이 텍스트의 생산에 바친 탐색과 조탁의 시간들을 생각하면서 그가 궁극적으로 재현해내고자 한 철학적 에스프리들을 찾아내어야 할 것이다. 그러므로 모든 비평적 글쓰기는 시인과 비평가

가 함께 완성해가는, 철학적 사변이 전제된 해석학적 노력의 결과물이어야 할 것이다.

허쉬는 먼저 문학 텍스트에 반영된 작가의 의도가 가장 넓게 드러나는 지점은 장르 선택의 문제라고 보았다. 다시 말해 모든 문학적인 언술의 방식은 특정한 유형을 염두에 두고 이루어지는 것인데, 그 유형은 분명한 목적을 수행하는 장치라고 본 것이다.[2] 서사시이건 소설이건 논픽션이건 간에 특정 장르를 선택한다는 것은 그 장르가 지시하는 고유한 사회적 역사적 기대를 충족시키겠다는 암묵적 약속을 드러내는 것이라 볼 수 있다. 그런 작업이 정확히 어떻게 가능한 것인지에 대해서는 단정하기 어렵다. 일반적이면서도 실질적인 그런 장르의 규범이 정해져 있는 것도 아니고 텍스트 해석자의 직관을 허용해줄 만한 규칙이 전제되어 있는 것도 아니기 때문이다.

그럼에도 불구하고 오종문 시인의 텍스트로 돌아가 생각해볼 때 시인의 시세계가 현대시조라는 특정한 장르의 틀, 그 안과 밖을 면밀히 살피는 과정에서 선명히 드러나게 될 것이라는 점만은 분명해 보인다. 초, 중, 종장의 틀 안에서만 허여되는 제한된 시어의 텍스트가 시조 장르이다. 시조 텍스트를 형성하기 위해 준비된 언어의 저장 창고에서 시인이 골라 쓸 수 있는 시어들이란 자유시의 경우보다는 매우 한정적이다. 그러므로 시어의 선택에 있어서 시조시인에게는 더욱 강력한 직관의 힘이 요구된다 할 수 있다. 정확하고도 촘촘하게 언어의 그물을 짜가야 하는 것이 시조시인의 역할이다. 그러나 그 직조의 결이 지나치게 치밀해서도 안 된다. 그처럼 어려운 것이 시조 텍스트 창작과정인데, 그렇다면 현대에 이르러서도 자유시 대신 굳이 시조 장르를 선택하는 일이란 필경 운명적 요소가 전제되어 있어야만 가능한 일일 듯하다. 시조시인들은 전생의 업보인 양 시조 장르를 선택한다. 그리고 아껴 쓰는 자세로 시어를 고르고 갈고 닦는다. 그렇게 좁고도 외로운 길을 걸어간다. 그런데 제약을 숭상하는 그런 태도는 어쩌면 시인의 본분에 가장 충실한 모습일지도 모른다. 지금, 여기에 전개돼 현실이 아니라 저 먼 유토피아의 시간과 공간 속에 눈길을 둔 이들이 시인의 본 모습이기에 그러하다. 시인이란 쉽고 편한 길을 버리고 돌고 돌아 협곡을 찾아가는 나그네에 견주어 볼 수 있다. 오종문 시인은 자신의 문학관을 협곡의 이미지를 통해 구현하고 있다.

아찔한 벼랑길을 출렁이며 걸어온 길
모퉁이로 떨어지는 햇살이 눈부시다
걷는 자
그 고요 속에
풍덩 하고 빠진다

푸른 소리 하나가 미궁 속 사라져가고
높은 산 골도 깊고 홀로 높지 않다는 말
이제 와
하찮은 겁박
왜 입에다 거는 건가

물이 만지고 깎아 새겨놓은 저 흔적들

불끈 쥔 늙은 시간을 살짝 들여다본다
허공에
매달린 협곡
또 바람이 차오른다

—「협곡을 건너며」 전문

오종문 시인의 텍스트에 등장하는 협곡은 시인의 예술혼을 가장 선명하게 드러내 주는 이미지라 할 수 있다. "아찔한 벼랑길"과 그 모퉁이의 "햇살이 눈부시다"의 대조가 먼저 눈에 띈다. 깎아지른 듯한 벼랑길은 소란스러운 문명의 공간으로부터 멀찍이 떨어져 존재한다. 외딴 곳을 비추는 햇살이 거리낌 없이 펼쳐지면서 맑고 영롱한 기운을 한껏 그 벼랑에 투사하고 있을 법하다. 시인의 눈 앞에 펼쳐진 그 풍경은 절대적 고요와 침묵의 시간을 동반하고 있다. 협곡은 감히 범접할 수 없는 대상이다. 또한 "허공에 매달린 협곡" 구절에서 볼 수 있듯 그런 협곡이란 고고한 자존심의 상징이기도 하다. 앞서거니 뒤서거니 곁을 주며 들어서는 언덕도 구릉도 다 물리친 곳에서 협곡은 문득 등장한다. 주변의 존재들과 타협하지 않는 꼿꼿한 기상과 굳은 의지를 그 협곡의 이미지에서 발견할 수 있는 것이다.

그러나 오종문 시인이 보여주는 협곡은 또한 연륜을 지닌 채 충분히 무르익은 사유의 결과물로 그 모습을 드러내기도 한다. 그런 협곡의 기상이란 도전받지 않은 젊음의 만용과는 엄격히 구분된다. "아찔한 벼랑길을 출렁이며 걸어온 길"로 시작되는 텍스트의 도입부에서 그 점을 확인할 수 있다. 시적 화자는 많은 이들이 선택하는 쉬운 길을 버리고 그 벼랑길을 선택하였다. 그리고 그 길이 요구하는 바대로 출렁이며 걸었다고 술회한다. 벼랑에 물이 들어찼다가는 물러가고 하는 사이 바위는 스스로 제 살을 깎으며 물의 흔적을 새겨 안은 채 남아 있을 터이다. 그 흔적은 시적 화자의 생애를 그대로 증언하고 있을 법하다. 그러나 세월이 흘렀다고 하여 그 기상이 세월과 함께 물러진 것은 결코 아니었음을 또한 알 수 있다. "불끈 쥔 늙은 시간"에서 보듯 쇠퇴해가는 육체와는 무관하게 그 기상은 결코 약해지지 않는다. 주먹을 불끈 쥔 듯한 형상을 간직한 채 세월의 요구에도 굴하지 않는 그 모습은 오직 시조라는 한 장르를 통하여 삶의 모든 사연들을 형상화해 온 오종문 시인의 자화상을 연상하게 한다.

그런 돌올한 시인의 자존심은 세상으로부터 스스로를 유폐시킨 채 고산지대에 은둔하는 이의 마음과는 확연히 구별된다. 오종문 시인은 현대시조의 영토, 그 프런티어를 넓혀가느라 시간과 공간의 가장 외진 곳을 찾아 누비는 전위적 시인이기도 하다. 시적 소재의 영역에 있어서 동서양의 공간적 경계를 지우고 시간적으로도 몇 세기를 종단하면서 광범한 시세계를 개진한다. 시조 3장 형식이라는 틀을 제약으로 받아들이기는커녕 그 규범 속에서 소재와 주제의 한계를 초월하고 횡단한다. 우리 전통의 양식과는 조화를 이룰 것 같지 않은 탈구조주의, 해체주의, 경계 횡단적 사유의 흔적들을 텍스트의 주제로 삼는다. 오종문 시인이 지지하는 현대시조의 존재방식이란 단아하고 전아하게 자연을 그려내던 시조 전통에서 가장 핵심적인 골조를 추려서 취한 채 가장 현대적인 제재로 그 벽을 발라나가는 융합적 건축술인 듯하다. 어쩌면 포스트모더니즘적이라고도 명명할 수 있는 것이 그러한 현대시조의 창작 철학이라 할 수 있는데 오종문 시인은 그 철학을 텍스트를 통하여 웅변하고 있는 듯하다. 시조 형식 속에서 프랑스 철학자와의 대화적 담론을 전개해나가는 텍스트, 「푸코를 읽는 밤」을 보자.

그 남자 밤을 잊고 푸코를 만나는 날
안경 쓴 이론들이 채집하는 담론 두고
행간에 살아 날뛰는
쑥대머리 깨알 글자

세상과 이어 놓은 불면의 저 편집증
일생이 먹먹하다며 마음이 헛헛했다며
책장을 넘길 때마다
말 걸어온 그대 광기

순백의 이성 위에 무슨 말뜻 심고 싶어
황홀한 숲이 되어 평생 피운 말의 꽃들
난해한 바람의 필체
봄빛 문법 닮아 있다

—「푸코를 읽는 밤」 전문

시간적 배경은 시적 화자가 푸코라는 철학자의 책을 읽는 봄밤이다. 푸코는 근대라는 이름으로 병원과 감옥과 군대와 학교 등의 기관들이 들어서면서 인간은 자유로운 개인이 될 가능성을 점점 차압당하게 되었다고 밝힌 바 있다. 근대의 형성 과정이란 개인의 존재를 기록하고 관리하게 되어 간 과정이기도 하여 이전에는 충분히 인지되지 못했던 인간의 광기가 문서에 등록되고 관리되기 시작했다. 죄수 한 명에 간수 한 명이던 감옥이 원형감옥, 파놉티콘panopticon의 등장으로 사라져버렸다. 한 명이 보초를 서면서 수백 명, 수천 명을 한꺼번에 감시할 수 있게 된 시대가 등장하였다. 구획, 분리, 감시 등이 인간의 생각과 행동을 지배하는 핵심어가 되어버린 시대, 근대는 그렇게 탄생한 것이다. 지구 저 편에서 말을 걸어오는 듯한 그 철학자의 고뇌를 시인은 책갈피 갈피마다에서 느끼고 있다. 그러면서 그가 경험했을 법한 불면과 편집증과 광기까지 함께 경험하고 있다. 텍스트의 마지막 구절에 이르러서야 푸코와의 대화를 끝낸 시적 화자의 모습을 찾을 수 있다. 난해한 바람의 필체와 봄빛 문법은 푸코의 세계에서 벗어난 시적 화자가 다시 우리 현실을 바라보고 있는 모습을 보여준다. 시인이 푸코와의 대화를 통하여 재현하고자 하는 바는 늘 흔들리고 방황하는 우리 시대 현대인들의 모습에 있다. 푸코라는 철학자를 통하여 시인은 우리 시대를 다시 읽고 있는 것이다. 그 어느 때보다 푸코가 탐구하던 시대를 닮아 있는 것이 우리의 시대라 할 수 있다. 사람들은 서로에게서 격리되고, 개인들은 모두 상대를 향한 잠재적 감염원이 되어 '거리두기'를 습관처럼 반복한다. 마스크로 입을 막은 채 서로 떨어져 있는 것이 가장 바람직한 시대를 우리는 살고 있다. 결국은 서로의 마음에서조차 멀어질 때까지, 고독과 광기가 일상이 될 때까지 격리의 지시는 멈추지 않을지도 모른다. 그처럼 시적 화자가 경험하는 "그대 광기"가 우리 모두의 것으로 읽힌다. 이렇게 전례 없는 뜻밖의 봄날이 우리 곁에 전개되고 있기 때문이다.

Ⅱ. 소리와 이미지 사이

오종문 시인은 언어가 내포하는 이미지의 힘을 정확히 포착하여 텍스트에 부리는 시인이다. 그의 텍스트라는 나무에서는 이미 상투어가 되어버린 숱한 이미지들은 과감하게 삭제된다. 무정하게 무성한 말의 가지들에 전정가위를 대는 시인의 손길에 의해 무참히 잘려 나간다. 그 결과 단 하나의 선명한 이미지가 가지 끝에 홀로 꽃망울처럼 달린 채 남겨진다. 봄밤의 벼락을 검은 도화지에 금을 긋는 면도칼의 이미지로 치환시킨 텍스트를 보자. 벼락 치는 밤의 섬광에서 면도칼의 예리한 날을 발견한 것도 새롭지만 그 면도칼 이미지의 등장을 종장에 이르기까지 유예해 둔 채 봄밤과 벼락, 그리고 천둥소리의 존재 이유를 차근차근 짚어가는 점진적 접근법도 예사롭지 않다. 봄밤에 벼락치고 천둥소리 울리는 일, 그 작은 사건 하나가 오종문 시인의 텍스트에서는 한 생명의 존재 이유만큼이나 소중하고도 중요한 일이 된다.

저 끝없는
망명길에
터트리는 벼락의 말

하르르

꽃 지는 밤
다 받아 적을 수 없어

암전된
완벽한 하늘
면도칼로 찢고 있다

—「봄밤, 천둥소리-心法 49」 전문

텍스트에는 먼저 망명길의 이미지가 등장한다. 누구의 망명인지, 왜 망명을 떠나야 하는 것인지에 대해서는 아무런 정보도 주어져 있지 않다. 시인은 무언가를 불쑥 들이밀 듯 망명길을 생각하라고 독자에게 이른다. 그 망명길에 벼락의 말이 함께 등장하니 후자는 필경 천둥소리를 의인화한 것일 터이다. 중장에 이르러서야 독자는 사연을 짐작할 수 있게 된다. 이제 봄은 시효를 다하고 물러나야 하는 계절, 그 천둥 치는 밤은 꽃이 지는 밤임을 알 수 있게 된다. 봄꽃의 축제가 이제는 마무리되어야 하는 시간, 그 숱한 꽃 무리의 낙화에 얽힌 사연들을 어찌 일일이 받아적을 수 있겠는가? 하나씩 묻고 귀 기울여 들을 틈도 없이 봄은 다가오는 계절에게 권력을 이양하고 망명을 떠나려 한다. 마치도 축제 마당을 훤히 밝혔던 등불들이 매달린 천막을 이제는 걷듯이, 휘장 또한 찢어버리듯이 그렇게 망명정부는 길을 떠나야 하리라. 퇴각하는 군대가 곡식 창고에 불지르듯, 아군의 병력 이동이 끝난 다음 다리를 폭파하듯 그렇게 한 계절이 막을 내리고 있다. "암전된 완벽한 하늘"을 면도칼이 찢고 있다… 천둥소리 울리고 벼락이 치는 봄밤이 오종문 시인의 텍스트에 고스란히 담겼다. 그런 밤, 그런 하늘을 우러러보는 일, 그것이 심법心法의 하나인 것이 참으로 자연스러워진다.

봄밤의 하늘에서 심법을 찾을 수 있다면 자작나무가 불길에 몸을 태우는 일도 당연히 심법에 해당하는 일이겠다.

마침내 독백처럼 타닥 탁 소리를 낸다

껍질의 잔금들이 내 몸까지 그어진다

얼마나 관능적인가

일가 이룬 문장이다

—「자작나무에게-心法 68」 전문

시인은 장작이 불타는 모습을 보면서 소신공양으로 한 존재의 삶이 완성되는 모습을 그려보고 있는 듯하다. 자작나무 가지는 필경 선비의 모습을 닮았겠다. 가지가 타들어 가면서 내는 소리를 시인은 그 나뭇가지의 독백으로 듣는다. 불길에 닿아 삼켜지고 지워지는 껍질의 잔금들도 시인의 몸으로 그대로 전이되고 있는 모습이다. 장작이 오롯이 고스란히 타들어 가는 일, 그것은 말과 글만을 생각하면서 살아온 시인에게는 하나의 명문장이 완성되는 장면을 떠올린다. "일가 이룬 문장"에 그쳤더라면 정결하기는 할 것이다. 그러나 어쩌면 무미건조하게 다가올 수도 있었을 것이다. 그러나 종장 도입부에서 빛을 발하는 전환의 장치에 의해 텍스트는 복합적이면서도 심오한 의미를 지니게 된다. 장작의 소신, 그 장면에서 시인은 하나의 문장을 보기 전에 관능적인 몸짓을 먼저 보게 되는 것이다. 관능적이었다가 바로 정반대 방향으로 몸을 돌려 문장, 그것도 예사로운 문장이 아니라 일가 이룬 문장이 되게 만든다. 성聖과 속俗이, 육肉과 영靈이, 그리고 지상계와 천상계가 결코 분리되지 않고 밀접히 결합되어 있음을 시인은 그처럼 드러낸다. 관능적인 것이란 생명체의 속성에 해당하는 것이고 육체성을 지시하는 것이며, 반면 문장을 이루는 것은 오롯이 육체를 초월한 정신의 세계에서 가능한 것일 터인데, 그처럼 상이한 것이 둘이 아니라 사실은 하나임을 시인은 보여주고 있다. 결코 분리될 수 없는 모순적인 두 요소가 동전의 양면처럼 서로 결합되어 있는 양상을 시인은 간명하게 한 수 단시조로 그려내고 있는 것이다. 다시금 심법이라는 부제가 결코 낯설지 않게 만든다.

부채 하나를 접었다가 펼치는 일, 그처럼 사소한 일상의 한 장면에서도 우리 삶의 편린들을 찾아볼 수 있을까? 오종문 시인의 시세계에서는 가능한 일이다. 그가 바라보고 있는 동안에는 이 세상 어떤 일도 무심히 일어나지는 않는다. 시인은 부채가 활짝 펴진 모습에서 완벽하게 서로를 용납하는 관계의 미학을 읽어낸다. 그러다가 그 부채를 다시 접으면 암담한 단절의 시공간이 전개된다. 쥘부채의 형상을 보면서 사람 사이의 관계를 생각하는 시편에서도 오종문 시인이 탁월한 이미지의 시인임을 다시 한번 확인할 수 있다.

사랑할 때 너를 찾아 한 생을 몸 맡기고

미워할 때 너를 잊어 한 생을 버림받은
숱한 밤 혼자의 시간
모란꽃을 닮았다

여름 끝 남은 것은 처연한 가을의 말
겁 없이 배반하고 살 떨리게 배반당한
찬찬한 사람을 잃은
그리움을 지워갔다

—「쥘부채를 들고」 전문

부채살이 펼쳐졌다가는 다시 접히는 잠깐 사이에 한 생이 명멸한다. 부채를 펼치노라면 한세상이 열리는지라 너를 찾아 한 생을 맡기는 사랑의 시간대가 그 부채를 통해 드러난다. 그러나 한 마음이 닫히면 그처럼 부채살도 다시 접힐 것이다. 그러면 너를 잊어 한 생을 버림받는 자의 모습이 다시 그 부채의 형상에 어린다. 홀로 남아 지새는 밤이 하필이면 모란꽃을 닮았다고 시인은 이른다. 부채와 모란꽃의 간격을 앞에 두고 두 가지 전통을 짚어보며 시인의 의도를 짐작해본다. 부채에 모란꽃이 그려져 있을 터인가? 그래서 펼치면 모란이 무리 지어 활짝 핀 봄의 꽃밭으로 시적 화자가 걸어 들어가는 것인가? 혹은 영랑의 「모란이 피기까지는」에 깃든 우리 시의 전통을 떠올릴 수도 있겠다. 모란이 지고 말면 설움에 겨워하며 다시 모란 피는 날을 기다리는 시심을 연상할 수 있다. 펼치면 모란꽃 호사롭게 피어나 사랑을 노래하는 날들이 열리고, 접으면 버림받고 외로움만 남은 이의 혼자의 시간이 기다린다. 쥘부채를 펼

쳤다가 닫는 사이, 그 짧은 순간이란 우리 모두의 한 생을 그린 것이리라. 모든 삶이 그처럼 잠깐일 것이다. 사랑과 미움 또한 그 절부채를 따라 모란꽃 피고 지는 사이에 깃들였다 사라져갈 것이다.

호미곶에 이르러 바다를 앞에 두고 다시 인생을 생각하는 「호미곶 봄빛-心法 41」을 보자. 시인은 곶의 형상을 지켜보면서 이 땅의 끄트머리까지 밀려나간 채 그 어디에서도 삶의 터전을 마련하지 못한 불우한 존재들의 삶을 생각한다.

저 바다 다 가졌어도
땅 한 평 못 가진 때

긍구한 호미곶 봄빛
필사하는 상생의 손

일몰 후
해협 건너는
망명일지 쓰고 있다

—「호미곶 봄빛-心法 41」 전문

바다로 돌출된 한 평 땅, 곶이란 그처럼 외로운 존재의 대명사이다. 그 외롭고도 호젓한 마음을 시인은 받아 쓴다. 그 곶의 존재 방식에서 시인은 땅 한 평 갖지 못한 이들의 고달픈 삶을 읽어낸다. 어쩌면 거기 격동의 한국 현대사 속에 조국을 잃고 남부여대하여 이국으로 떠나야 했던 사람들의 역사까지 투영하고 있는 듯하다. 땅끝에까지 이르러 본 자, 가장 가장자리까지 밀려나 본 경험이 있는 존재들만이 느낄 수 있는 적막감이 텍스트 전편을 감싸고 있다. 중장에 이르러 시인은 호미곶을 지켜주는 상생의 손, 그 조형물의 상징을 옮겨 쓰고 있다. 상생의 손이 호미곶의 봄빛을 필사하고 있다면 시인은 그가 필사한 바를 다시금 필사하고 있는 것이다. 일몰 후 어둠이 내리면 거기 투사된 상생과 배려의 정조차 묻히고 지워져 버릴 것이다. 그처럼 유실되고 말 운명이 호미곶 사람들의 것인지 혹은 상생을 기원하는 모든 사람의 마음인지… 이 땅의 산과 들, 모든 곳에 사람살이의 숱한 사연들이 숨겨져 있어 오종문 시인은 그들의 발화를 받아쓰기하고 있다. 호미곶도, 그 곳의 봄빛도, 그리고 어쩌면 일몰조차도 모두 시인에게는 마음 가다듬고 살아가라고 타이르는 법문에 다름아닌 듯하다.

Ⅲ. 가을빛의 삶

오종문 시인의 텍스트들은 결국은 모두 우리 삶의 독본으로 읽힌다. 협곡에서 지조의 삶을 읽을 수 있고, 불타는 장작이나 부채 하나에서도 일회성의 삶을 읽으며 그 의미를 되새겨보게 한다. 그러나 시인이 궁극적으로 완성해내고자 하는 텍스트는 삶의 주체인 인간을 직접 재현하며 가장 따뜻하고 바람직한 사람살이의 모습을 찾고 있는 시편일 터이다. 사람과 사람이 만나 서로 아끼고 돌보아주는 관계, 유한한 생명체들끼리 서로 의지하며 부축하는 그런 사람 사이의 관계를 따뜻한 마음으로 그리는 텍스트들에서 오종문 시세계의 정수를 발견할 수 있다. 「가을빛 별사別辭」는 인연의 소중함을 선명한 이미지를 통해 구현하는 텍스트이다.

이런 날 이런 행복 얼마나 더 남은 걸까?

득실의 셈법도 몰라 땅만 믿고 견딘 세상 세월은 모든 것들 너무 많이 변하게 해 희끗희끗 이 나이가 될 때까지 참 많이 산 거야. 아무것도 일어나지 않은 일 없었던 때 단 하루도 평범하게 넘어가지 않았던 때 붙잡는 것도 사랑이요 놓아주는 것도 사랑이라 조급히 살면 한없이 부족한 것 왜 몰랐던가. 미안하다는 말 자꾸 잔소리 되어 나올 때 사랑은 표현 아닌 일생으로 말하는 것 참말로 징글징글 모진 것이 목숨이라 그 길에 풍경 하나 흑백사진으로 찍히는 날 가을볕 추수 끝난 저 들판 그리워하듯 부부로 함께 한 삶 노래가 될 수 있을까. 아직도 끝나지 않는 길,

마음은 다시 봄이다 햇빛에 눈이 부신 날이다

―「가을빛 별사別辭」 전문

「가을빛 별사」에는 오종문 시인이 연로하신 부모님을 향해 품고 있는 애틋한 마음이 진솔하게 드러나 있다. 가슴 깊은 곳에서 우러나온 감사의 마음을 담아 부모님께 헌정하는 텍스트라 할 수 있다. 가을빛 완연한 어느 오후, 부모님과 함께 보내는 한나절 동안 시인의 눈에 든 장면들이 마치도 인화된 사진처럼 선명하게 드러나 있다. 추수도 다 끝나 버린 휑하게 빈 들판에 가을볕이 가득하다. 그 볕이 텍스트를 속속들이 비추면서 채우고 있고, 그 아래 평생을 함께 해 온 한 쌍의 부부가 서 있다. 그리고 시인은 마

치도 그 부부의 모습을 찍는 사진사가 되기라도 한 듯 그 장면을 응시하고 있다. 행복이라는 시어가 초장에 등장하고, 그 행복의 이미지는 종장에 이르러 "마음은 봄"이라는 언술을 낳게 만든다. 그리고 마지막의 "햇빛에 눈이 부신 날" 구절로 소박하고도 소중한 행복의 시간을 봉인한다. 가을빛이 가득한 풍경 속에서 조용히 행복을 느끼는 부부의 모습이 봄 같은 마음과 눈 분신 햇빛을 통하여 거듭 확인된다. 평생을 헌신과 희생의 마음으로 살아온 노부부의 한 생애는 사설시조의 형식으로 중장에 배치되어 있다. 그 중장은 그 별사의 정조가 어디에서 유래되는지를 세세히 밝히고 있다. 부부의 연을 맺어 생을 함께 했다는 것이 지니는 의미, 평범하다고 하면 극히 평범할 수도 있는 그 의미가 문득 새롭고 소중해진다. 그 오래된 인연이 보여주는 넉넉함과 푸근함의 정서는 선행구, "가을볕 추수 끝난 저 들판 그리워하듯"에 요약되어 있다. 땅을 일구는 일, 씨 뿌리는 일, 물 주고 보살피며 알곡을 여물게 하는 일, 그리고 추수로 거두어들이는 일… 또한 그렇게 곡식을 가꾸듯 오붓이 자식들을 슬하에 두어 기르고 돌보는 일… 부부로 만나서 살아가는 일이라 그런 것이리라. 둘이 하나가 되어 함께 한 한 생이란 진정 그런 것이리라. 꼭 농부가 농사짓는 일만 같으리라. 따뜻한 가을 햇빛을 온몸으로 받으며 이제 부부는 추수도 다 끝나버린 허허로운 들판을 함께 바라보고 서 있다. 그 모습은 시인이 오래도록 그리워하게 될 추억의 한 장면으로 남을 것이다. 먼 훗날 어느 순간, 돌이켜보면 그날의 가을빛이 찬란하게 기억될 것이다. 시인은 자신이 그리고 있는 가을날의 장면이 그처럼 추억의 소재가 될 것이라는 사실을 복선처럼 텍스트 내부에 설치해두고 있다. “그 길에 풍경하나 흑백 사진으로 찍히는 날” 구절이 그것이다. 그런 까닭에 아직도 끝나지 않은 길의 의미가 더욱 소중해진다.

어쩌면 초장에서 이미 볼 수 있듯 그 행복은 오래 지속되기 어려운 까닭에 더욱 소중한 것일지도 모른다. 시인은 이미 그 눈 부신 햇빛 속에서 언젠가는 찾아오고 말 이별의 날을 예감하고 있는 듯하다. 가을빛을 예찬하면서도, 아니 그 속에서 빛을 발하는 노부부의 삶을 그 가을빛보다도 더 찬란하게 그려내면서도 시인은 거기 별사라는 말을 덧붙이고 있는 것이다. 그래서 텍스트를 지배하는 따뜻함, 행복, 눈부심 등의 어휘가 더욱 간절한 호소력을 지닌 채 독자에게 다가오게 된다. 생명도 유한하여 소중한 것이고 사람의 인연도 결국은 다하는 날이 있어 더욱 값진 것임을 시인은 그 별사라는 어휘를 통해서 드러내고 있는 것이다. 가을빛은 아직 밝고 따뜻하다. 그러나 시인은 이미 서로 헤어지게 될 날을 예감하고 있다. 겨울의 시간대를 감지하고 있는 것이다. 노스롭 프라이Northrop Frye가 사계에 비유하여 설명한 바와 같이 봄이 생장과 상승의 시간이라면 가을은 필연코 하강과 쇠락을 보여주는 계절이다. 그러나 시인은 초장에서 “이런 날 이런 행복”이라 이르며 가을빛의 전형성을 부정하고 있다. 그리고 더 나아가 종장에서는 마음은 다시 봄이라 이르며 햇빛 눈 부시다고 천명한다. 기우는 가을빛에 이별하는 날의 노래를 부치면서도 시인은 아직 남은 시간과 얼마나 더 남았는지는 알 길이 없지만 남아 있는 것만은 분명한 행복에 더욱 주목하고 있는 것이다.

따뜻한 가을볕 속의, 추수도 끝난 들판은 과연 오랫동안 삶을 함께 해 온 부부의 이미지를 동두렷이 떠올리게 만드는 효과적인 미장센Mise-en-scène이다. 거두어들일 것을 다 거두어들였으므로 이제는 허허로운 것이 가을 들판이다. 그래도 아직은 햇빛이 눈 부셔서 그 들판에 나란히 선 양주의 모습은 그분들의 앞에 놓인 순조로우면서도 평화로운 여생을 짐작하게 만든다. 들판과 가을볕의 이미지는 자연의 순리를 따라 너그럽게 살아온 부모님의 모습을 그려내기에 매우 적절한 것이라고 볼 수 있다. 오종문 시인은 그처럼 적합한 이미지를 지닌 시적 언어를 동원하여 그 날의 기억을 텍스트에 재현한 것이다.

부모님의 생애를 생각하는 시간, 시인은 자신이 지닌 추억의 모든 순간들을 유실되어서는 안 되는 보배로운 유산으로 받아들인다. 그리하여 부모님에 대한 추억의 조각들을 이리 저리 모자이크하면서 수편의 헌시를 선보이고 있다.

어떤 사내라도 품을 수 없는 자존심이
몇 번 휑한 바람에 쓰러지고 부러졌다
그림자 더 짧아진 길
아버지가 가고 있다

화려한 날 다 보내고 뿌리를 갉아 먹는
검버섯 피어나는 서책을 싣고 오나
자전거 그 바큇살에 햇살들로 반짝였다

거룩한 이름 석 자 깊은 고요로 남은
마음에 접지 못한 길 환하게 놓여 있다
풍경 속 고집스러운
아버지가 오고 있다

—「아버지의 자전거」 전문

아버지의 모습은 시인의 기억 속에 자전거로 남아 있다. 첫 수에서는 "아버지가 가고 있다", 그리고 마지막 수에서는 "아버지가 오고 있다" 구절이 등장하고 있음을 눈여겨 볼 수 있다. 자전거를 탄 채 한 생을 보냈을 것이 아버지의 모습이기에 자전거와 더불어 가고 있다 오고 있다는 표현이 낯설지 않다. 첫 수에서 그림자 더 짧아진 길을 가고 있는 아버지의 모습은 이승에서 시적 화자와 이별하는 아버지의 모습이다. 마지막인 세 번째 수에서는 다시 시적 화자의 추억 속에서 집으로 돌아오는 아버지의 모습이 등장한다. 거룩한 이름 석 자를 시적 화자가 잊지 않고 있는 한, 아버지는 결코 그를 떠날 수 없는 것이다. 마음에 접지 못한 길이 환하게 놓여 있다고 했으니 그 마음의 길이 끊어지는 날까지 아버지는 한사코 시적 화자에게 다시 돌아올 것이다. 고집스럽게 돌아오고 또 돌아올 것이다. 그리고 그 첫 수와 마지막 수 사이에 아버지의 자전거가 햇살을 받아 반짝이던 모습이 개재해 있다. 첫 수에서는 자전거를 타고 가고 있던 아버지가 마지막 수에서는 오고 있게 되는 것, 삶의 모든 고비를 자전거를 타고 돌았을 아버지의 모습이 가운데 수에 확연하게 드러나 있어 세 수는 함께 조화를 이루게 된다.

시인이 아버지의 기억을 가슴 깊이 새기는 방식이 자전거의 상징을 활용하는 것이었다면, 어머니는 검정고무신의 상징을 통해 시인의 기억 공간에 머물고 있다.

> 필생의 고단한 발이 신발에 묻어 있다
> 열아홉 고운 색시 간 데 없고 백발이라
> 다 닳은 무릎 속에는
> 바람들이 빼곡하다
>
> 좋은 날 다 보내고 뜬세상 관통하는
> 장식된 군더더기 하나 없는 수사修辭의 길
> 궁핍한 겉옷을 벗고
> 깨꽃으로 피어난다
>
> 한 켤레 검정고무신 사람이 그리운 날
> 매 순간 간명하게 생략되는 어머니 땅
> 투명한 생의 품사品詞가
> 방점 찍고 길을 낸다
>
> —「엄마의 검정고무신」 전문

이 세상 모든 어머니는 한 때 열아홉 고운 색시였을 것이고 그래서 꽃신을 신었을 터이다. 그러나 어머니의 삶은 검정고무신으로 드러난다. 그 검정고무신은 장식이 없어 군더더기 하나 없는 수사의 삶이라고 묘사된다. 또한 매순간 간명하게 생략되는 땅이 어머니의 땅이라고 시인은 노래한다. 결국은 투명한 생의 품사로 어머니는 시인의 기억 속에 남게 되는 것이다. 단순하고 투박하며 결코 곱지도 소중하지도 않을 것이 검정고무신일 터이다. 그 고무신을 신은 채 부지런히 걸어 무릎이 다 닳았을 것이고, 그 닳은 자리에는 바람이 빼곡이 들어차 날 흐리면 시리다고 탄식하게 만들었을 터이다. 그 검정고무신에 깨꽃의 이미지를 결합시킴으로써 오종문 시인은 어머니에 대한 추억이 단순히 엘레지로 남는 것을 거부한다. 장식된 군더더기 하나 없는 단순한 검정고무신을 그처럼 군더더기 없이도 가능한 수사라고 이름 붙이고 있다. 그리고 그런 수사에 깨꽃의 이미지를 덧입힘으로써 소박한 어머니의 삶의 노래를 잘 완성된 한 편 찬가로 만들고 있다.

오종문 시인의 관심은 공시적, 통시적 양대 축을 중심으로 전개된다. 지배적 권력으로부터 억압당하고 소외 받는 모든 존재들이 오종문 시인에게 말을 걸어오면서 자신들의 이야기를 대변해 달라고 읍소하고 있는 듯하다. 시 제목에 외사, 별사, 별장 등이 자주 등장하는 것은 그렇다면 결코 의아해 할 일이 아니다. 시인은 「콩밭 별장」에서는 자신의 어린 시절, 외로운 꿈을 간직한 한 소년의 이미지를 형상화하고 있다. 그러나 그 텍스트의 주인공은 결코 시인 자신의 추억 속에만 존재하는 인물이 아닐 것이다. 지금도 문명과 재화, 그 권역의 외부에 존재한 채 작고 소박한 것들 속에서 위로를 찾고 가냘픈 꿈을 키워가는 모든 연약한 존재들을 그 소년이 대표한다고 볼 수 있다.

상기도 좋은 때는 아직 오지 않았다고
오랜 날 강물처럼 출렁이며 산 사람아

빈 콩밭 한 대목 사설
그 완창을 읽는다

풀숲에 핀 산꿩다리 더 짙어진 그늘일까
해질물 낙콩을 줍는 산꿩의 마음일까
아홉 살 와락 밀려온 콩깍지 속 사랑일까

마당 안 어린 고요 바람으로 메워지고
고맙다 말 못한 채 숲 되고 나무 되어
새소리 방울을 다는
풍경들로 환해진다

—「콩밭 별장別章」 전문

그처럼 시인은 시골 마을 한 소년의 삶, 그 외롭고도 순수한 마음을 그린다. 새소리, 바람소리, 그리고 콩밭의 풍경이 오롯이 그 텍스트에 담긴다. 돌이켜 시인은 저 멀리 제주 바다의 해녀가 부르는 삶의 노래를 채록하기도 한다. 「어멍의 바다」에는 "저승서 벌어 이승에서 쓰는 물질"이라는 구절에서 보듯 삶과 죽음의 경계를 하루에도 몇 번씩 넘나드는 제주 해녀들의 삶이 재현되어 있다. 또한 오종문 시인은 우리 역사 속의 슬픈 주인공들을 찾아 그 속내를 받아 적는 작업을 계속해왔다. 「광해외사光海外史」나 「사도, 왕도의 길」은 오종문 시인의 그 오랜 시업의 연장선상에서 이해할 수 있다.

그러나 짐은 끝내 더 미치지 못했구나

아직도 쫓겨난 왕 군君으로 불리지만
이제는 조선의 마음 웅숭깊게 얻고 싶다

큰 갓 쓴 무리들이 왕의 길을 가로 막아
혹독한 더 참혹한 시련에 무너질지라도
유배지 탱자울 치고 참회하며 살 것이다

화가 된 언행들이 흰 빛으로 남는 날을
이 땅이 힘을 키워 더 중심에 서는 날을
또다시 일어서기를 손꼽으며 살 것이다

그 어디 하늘 아래 영원한 것 있겠는가
행간에 기록 못한 잘잘못을 품는 동안
과인의 붙들린 삶이 바람처럼 흘러갔다

오늘은 몇 생을 산 이 무덤을 빠져 나와
짐의 뜻 헤아리는 벼슬아치 몇 데리고
가을꽃 흐드러지는 민의의 뜰 걷고 싶다

—「광해외사光海外史」 전문

「광해외사」라는 제목에서 보듯 정사의 지위를 얻지 못한 채 지워진 목소리에 시인은 귀를 기울인다. 권력을 잃은 자의 독백이 오종문 시인의 시어를 통해 다시금 걸러지고 증류되어 드러나는 것을 볼 수 있다. 쓸쓸히 역사의 뒤안길로 사라져간 존재들의 사연을 외사라는 이름으로 기록하면서 오종문 시인은 우리 역사를 다시 읽고 있다. 문학이야말로 역사의 담론을 뒤집어보고 새롭게 이해할 수 있는 저항담론의 장을 형성한다는 것을 그의 텍스트는 웅변하고 있는 것이다.

근작 중 「엑스에 대하여」, 「선사, 움집에 들다」, 「그 남자 그 여자」의 경우는 현대시조의 소재와 주제에 있어서의 다양성과 현재성을 잘 드러내 보여주는 텍스트들이라 할 수 있다. 오종문 시인은 시조가 우리 전통의 장르이기 때문에 주제나 소재에 있어서 고전적이어야 한다거나 단아함의 미학만을 추구해야 한다는 편견에 저항한다. 그리고 다양한 소재와 주제를 담은 텍스트들을 부단히 생산해오면서 그런 입장을 확인해 온 시인이다. 특히 엑스라는 미지수의 존재 의미를 탐구하면서 심문하는 「엑스에 대하여」, 그리고 우리 시대, 성별에 따른 차이와 차별, 그리고 권력의 문제를 정면에서 해부하고자 하는 「그 남자 그 여자」는 섬세한 분석과 다각도의 접근을 요구하는 문제적 텍스트라 할 수 있다.

Ⅳ. 다시 예술과 철학을 생각하며

모든 예술가는 인간의 삶, 그 복합적이고 모순적인 요소들이 현재성을 지닌 채 우리 눈앞에 전개되는 그 순간을 그려내고자 한다. 그 목적을 이루느라 전 생애를 바치는 존재들이다. 철학자 메를로 퐁티Maurice Merleau-Ponty가 화가 세잔느Paul Cézanne에게 그토록 공감한 것도 바로 세잔느가 "화가 자신이 보고 있는 사람들의 얼굴이며 사물들이 말하고자 하는 바, 바로 그것을 표현"했기 때문이라고 한다. 우리 삶의 현실이 지닌 의미가 동시에 위협받기도 하고 확인되기도 하는 그 모순적인 순간, 상반되면서 배치되는 것들이 동시에 한꺼번에 발생하는 그 삶을 있는 그대로 재현해야 하는 것이 바로 예술가의 숙명이라 할 수 있다. "인간 육체의 본질, 유사하면서 동질적인 요소들, 그리고 의미가 입 다문 채 침묵하고 있는," 마치도 꿈속과도 같은 이 세계를 그려내어야 하는 것이 예술가들인 것이다. 그런데 그토록 진실된 재현을 위해 고군분투하는 예술가의 노력이란 필수적으로 미완성적인 성격을 지닐 수밖에 없다. 그리고 그런 노력이 미완성일 수밖에 없다는 그 점이야말로 휴머니즘, 즉 인문학의 기초를 이루는 것이기도 하다. 메를로 퐁티는 세잔느의 그림이 미완성으로 남을 수밖에 없었던 이유가 바로 삶과 분리될 수 없는 것이 예술이기 때문이라고 기술한다. "바로 그 점 때문에 그는 작품을 끝내지 않았다. 우리는 절대로 삶으로부터 떠날 수 없다. 우리는 결코 우리의 사상 혹은 우리가 지닌 자유를 직면할 수 없는 것이다."[3] 자신을 둘러싸고 있는 현실을 거리를 둔 채 정확히 그려내고자 하지만 예술가 자신 또한 삶의 마지막까지 그 현실에서 벗어날 수 없다는 것, 그로 인해 예술가의 재현은 마지막 순간까지 미완성으로 남게 되는 것이다. 그렇다면 예술가야말로 미완성의 운명을 감지하면서도 완성을 향한 도정을 멈출 수 없는 존재라 할 것이다. 그 모순을 삶 전체를 통해 구현해야 하는 존재가 예술가인 까닭에 예술가야말로 우리의 모순적인 삶을 가장 충실하게 살아가는 존재가 될 수 있는지도 모를 일이다.

오종문 시인은 언어를 도구로 삼는 언어예술가, 즉 시인의 본분이 무엇인지 깨닫게 해준다. 가장 선명한 이미지를 포착하여 텍스트에 부리고자 하고 언어가 지닌 소리와 이미지, 즉 음악적 요소와 시각적 요소의 조화를 언제나 추구한다. 주체와 대상 사이의 관계 양상을 철학적 사유망을 통해 검토하는 모습을 보여준다. 특히 소외된 존재들의 숨은 이야기들을 적절한 시어들을 통해 재현함으로써 호소력 강한 텍스트들을 구현해낸다. 가장 선명한 이미지를 극히 섬세하고 정확한 언어를 통해 구현하고자 한다. 오종문 시인이 지닌 힘은 시각적, 청각적 요소가 치밀하게 결합되게 만드는 언어구사력에서 온다고 볼 수 있다. 「여우비 오는 날」을 다시 읽는다.

저 앞산 저 들녘을
마실 나온 여우비가

외딴집 양철지붕
손님처럼 다녀간 뒤

지청구
은유의 해가
우두망찰 벌을 선다

—「여우비 오는 날-心法 50」 전문

1. Said, Edward W. *Reflections on Exile and Other Essays*, Cambridge: Harvard University Press, 2003. 15면에서 재인용.
2. 위의 책, 16면.
3. 위의 책, 14면.